無くした翼

宮園丈生
MIYAZONO Takeo

文芸社

一

冷気を含んだ風が僕たちの間を通り抜ける。疲弊した筋肉が喜びに打ち震える。季節は真夏。夕刻五時。西日が強い。

体育館入口には六畳ぐらいの檜のすのこがあって、そこにTシャツ、ハーフパンツ姿の男子が五人倒れ込んでいる。皆の腹はキンキンに冷えた麦茶に満たされ、ある者は壁にもたれ、ある者は大の字に寝転がって、次の心地良い風が吹いてくるのを待ちわびている。

僕を含むバスケ部男子の二年だ。

バスケ部男子の部員は総勢二十名。二年、一年ともに十人ずつ。三年は夏前の大会で引退した。部員の数が多いかどうかは分からない。だけどこれまでのバスケ部の歴史を繙《ひもと》くと、大抵新入部員は半年で三分の一、一年後にはその半分になっている。引退した三年は五人だった。僕は現在二年だけど、まあまあ残っているほうらしい。一年はちょっと危うい。辞めていく理由は単純だ。練習がきついからだ。コーチは体育教師で現役の国体選手。二十代後半で指導は熱心だ。口先だけでなく体現してくれるので分かり易い。

十分ほど身体を休めると皆はのろのろと立ち上がる。それ以上休息を取ってしまうと次に身体を動かすのが億劫になってしまうからだ。

夏休みの練習は午前午後の二部制。

だけどこれで終わってはいられない。とくに僕たちの年代は。このあと引き続きコートで自主練を行う者、筋トレに精を出す者、帰宅する者の三組に分かれる。前者二組は身体が休息モードに入ってしまう前に悲鳴を上げる筋肉に鞭打って起き上がる。

午後七時。

そろそろ帰れとコーチが窓を開けて叫ぶ。

体育館には体育教師用の職員室があって、そこからコートの様子を一望できる。

残っていたのは僕たち男子部員五人と女子部員が一人。僕たちは、はいと大声で応えて片づけに入る。散らばったボールをステンレス製のキャスター付きのボール籠に集めて用具室に運び、コートをモップ掛けする。ハイテンションのときは競争をしたりするが大抵そんな余力はない。のろのろと、ときにはコートの摩擦に負けモップの柄で鳩尾を打ったりする。気を抜いているときこれはなかなか辛い。

コーチに挨拶をして体育館を出る。リュックの中のビニール袋に入った汗だくのシャツ二枚、ハーフパンツ、タオル、靴下がずしりと重い。

辺りは夕闇に包まれ空気はひんやりしている。

僕は自転車通学なので指定の置き場から自転車を引っ張り出してくる。校門まで徒歩組、電車組とだらだらと歩くが、そこからは別れを告げて颯爽とペダルを漕ぎだす。ときどきコンビニでのんびりすることはあるが今日は皆そんな気分ではないらしい。

高校は見晴らしのいい高台にある。だから帰りは爽快だ。もちろん行きは地獄だが。

ブレーキを程よくかけながら向かい風を一身に浴びる。

僕はこの時間が何とも言えないぐらい好きだ。

明日も厳しい練習が待っている。だけどこの充実感がたまらない。

夏はまだ始まったばかりだ。

二

それが起こったのは八月二週目の水曜日だった。

午後の練習も半ばに差し掛かった三時頃。

突然コーチが笛を鳴らして練習を止めた。何事かとコーチに視線を向けると、僕たちを手で制し隣のコートに歩いていった。

隣では女子が練習している。ゴール下で誰かが倒れているのが人だかりの隙間から見えた。貧血か熱中症か。蒸し風呂のようなコートではさほどめずらしいことではない。でもどちらでもなくどうやら怪我らしかった。倒れた誰かは足首を押さえている。やがてその誰かは、部員二人に両肩を抱えられてコートの外に運び出された。

コーチは女子部の顧問（定年間近の現国の男性教師。バスケ未経験）と何やら話し合い、男子部に戻ってきてキャプテンの田中と僕（副キャプテンを任されている）にこれからの練習メニューを伝えた。コーチが車で病院に連れていくらしい。田中と僕は皆の元へ戻って事情を説明し、練習を再開した。

「あれ中山だよな」

田中がドリブルをしながら近づいてきて僕に訊ねてきた。僕はフリースローの練習中だったが手を止めて頷いた。

コートにはいつもの居残り組がおのおの練習に精を出している。僕もそうではないかと薄々気づいていた。あのときは遠目で誰か分からなかったが、いまコートに彼女がいないことでそれは確信に変わっていた。おそらく田中もそうだと気づいたのだろう。

「大怪我じゃなかったらいいいんだけどな」

「そうだな」

それ以上とくに話すことはなく田中は自分の練習に戻っていった。

中山。下の名前は知らない。同学年だけどほとんど話したことはない。誰かと一緒にいるところもあまり見たことがない。だけど女子部員や顧問からの信頼は厚いらしく彼女も副キャプテンに任命されていた。実力で言えばキャプテンを任されてもいいはずだが、適材適所という言葉がある。たぶん中山は矢面に立つのが苦手なのだと思う。でもプレイでは十分皆を引っ張っていける。だから敢えて二番手のポジションに身を置いている。そんな気がした。

　中山は男の僕から見ても時折目を見張るプレイをしていた。高校生ともなるとスピードや力強さなどはどうしても女子のほうが見劣りしてしまうが、彼女のドリブルの速さ、抜き去るときの緩急、シュートのときの安定感と正確さは女子部の中では群を抜いていた。さすがに僕たち男子と同等とはいえないが、一年の中に混ざったとしても十分通用するだろう。

　気の毒にとは思ったがそれ以上の感情はなかった。


　三日後、中山は松葉杖をついてコートに姿を現した。

　疲労骨折のようだった。蓄積された疲労が元で骨が折れる大怪我だ。彼女のこれまでの練習量を鑑みれば頷かざるを得ない。

　骨折の完治にはおよそ三カ月は掛かる。それからリハビリをして身体を慣らしていく。復帰できたとしても来年ぐらいかもしれない。

せっかく自分たちの年代が主役になったのに。さぞや無念のことだろう。それでも中山は毎日体育館に顔を出して皆の練習をコートの片隅から眺めていた。

三

夏の体育館は蒸し風呂だ。

明かりとり及び換気のための窓が体育館上部一帯に、格子付の細長い窓が足元に、あと非常口は六つあるが、風がなければ単にぽっかり空いた空間に過ぎない。朝方はまだ冷気を含んでいるのだが太陽の位置と僕たちの運動量の上昇が殺人的な暑さを引き起こす。

水分補給が許された休憩は午前午後一回ずつだ。練習中は比喩でも何でもなく滝のように汗が出る。コップの一杯や二杯で足りるわけがない。

そこで僕たちは一計を案じる。マネージャーにこっそり自前のタオルを渡して濡らしてきてもらうのだ。絞らずに水が滴り落ちるぐらいにして。それをこっそり貰い、汗を拭く振りをして水分を吸収する。口を湿らせるだけでだいぶ違う。不衛生だと敬遠したい奴はすればいい。そんなのは極限状態に追い込まれたことのない奴の言うセリフだ。綺麗事や根性論だけでは夏の過酷な練習は乗り切れない。

雨がぽつぽつと降ってきたので僕たちはすのこから退避する。

今日は少し気温が低い。身体が冷えると油が切れたロボットのように関節がすぐ固くなる。僕たちは早々に休憩を切り上げ体育館の中に入る。

コートに戻ると再びバッシュ（バスケットシューズ）に足を通す。僕が愛用するのはアシックスのジャパンL。プロ仕様のモデルだ。個人的感想だがアシックスが一番頑丈だ。ナイキはお洒落だがすぐつぶれる。普段履きなら結構なのだが、やはり自分のプレイに適したシューズが一番だ。

僕の持ち味はジャンプ、ダッシュ、クイックネス。つまり脚力を売りにしている。いままで履き潰してきたバッシュの中で唯一僕の動きについてきてくれているのがこのシューズだ。

誰しも人より抜きん出ているスキルが一つや二つはある。僕の場合は誰より速く、高く跳べることだ。それに自らが気づき、いかに活かす方向へ持っていけるかが、進化し続けていく術だと思う。


その日は残った五人で一対一形式の勝負を行った。

通称 one on one（ワン・オン・ワン）。

ルールは至って簡単だ。まずジャンケンで一人をディフェンスに決め、エンドレスで勝負を挑んでいく。ゴールを決められればディフェンスはそのまま、止めれば交代。シュートやステップの練習は必要だが、やはりこれが一番盛り上がる。

僕はロングレンジのシュートが得意ではない。相手を抜きさってゴール下から確実にシュートを奪いたい。それをするにはいくつか方法がある。パワーで押し切るか、クイックネスで抜き去るか、フェイントで騙すか。僕は後者二つで相手を抜き去る。この分野に関してはチーム一だ。一つだけではだめだ。二つ以上のモノを掛け合わせなければ一歩前に出ることはできない。

「先輩のは分かっていても止められないんスよね」

後輩の西郷が隣で一緒にモップ掛けをしながらぼやく。

「分かっていたら止めろよ」

苦笑して僕は言い返す。正論で返すと西郷はむっとする。

彼が言いたいことは分かる。頭で理解することと身体が反応することは別物だ。反応速度と経験の二つが折り重なって次のステップに進める。西郷にはまだ経験が足りない。だから僕の動きの最後のチョイスが読めないのだ。一年より二年が、二年より三年が活躍できるのはこの力が関わっている場合が多い。

もちろん経験を凌ぐ才能を持つ者もいる。

先日怪我をした中山。彼女はまさにそれに当てはまる。彼女はとにかくよく動く。おそらく動きながら正解を叩き出している。その瞬間、その瞬間に答えを見つけ的確なプレイをする。それは才能が成し得る技だ。猫が鼠を仕留めるように、渡り鳥が飛び立つ時期が分かるように、思考というよりむしろ本能が判断を下すのだろう。だから彼女は一年の早い時期からレギュラーに抜擢されていた。

いっぽう僕は先輩が引退するまでレギュラーに定着することはなかった。過酷な練習を約二年半耐えた不動のレギュラー五人の厚い壁があったのが大きな理由だが、以前コーチに言われた言葉が心に引っ掛かっている。

バスケットボールが個人競技ならお前もレギュラーなんだがな。今年はちょっと運がなかったな。

協調性のなさを指摘されていたのだと思う。とくに反論はない。なぜなら僕は自分がゴールを決めること以外に興味がないからだ。だが協調性云々を言うなら先輩や中山にもあるとは思えない。要は僕の実力不足だ。上手くなれば試合に出られる。それが事実だ。試合にはたまに出させてもらっていた。僕はそこでなにくそと思いながらゴールに向かっていた。

そして先輩は引退し僕たちの代になった。

まだ新チームになって試合は行われていないが一応僕はレギュラー組に入っている。

で、何をどう買われてか知らないが副キャプテンを任せられた。億劫だったが任命されたからにはやるしかない。僕はこれでも結構根は真面目なのだ。

ぱらぱらと降っていた雨は僕たちが帰る頃には大粒に変わっていた。

傘を持っていなかったので濡れて帰ることになる。

家までは自転車で十分強。間違いなくずぶ濡れになる。母に小言を言われるのは目に見えているが、練習後の火照った身体には気持ちがいい。僕はとくに急ぐことなく自転車に跨り校門を出た。目の前を、傘を肩に松葉杖をついた女生徒が歩いていた。追い抜きざまにちらっと顔を見た。

中山だった。

彼女は僕の顔を認めるや否やきっと睨んできた。僕は慌てて目を逸らせ、その拍子にハンドルを取られ、危うく転倒しそうになった。あれは明らかな敵意だった。心当たりは全くなかった。

四

ファーストプレイでその試合に「入れる」かどうかが決まる。

別の言い方をすればシュートを決められるかどうかだ。いくら試合を重ねても試合が始まる前は緊張するし怖い。それは相手が強かろうが弱かろうが関係ない。しかし「入って」しまえばそれは霧が晴れるように無くなる。が、それが必ず勝利に繋がるわけではない。バスケットボールはチームプレイだからだ。

チームにおいて役割は五つある。
一　ポイントガード
二　セカンドガード
三　スモールフォワード
四　パワーフォワード
五　センター
一はボールを運び、ゲームをコントロールする。二はその補佐。三はゴールの遠くから点を奪い、四は中にぐいぐい入り込む。五は選手間の中継地点であり、ゴール下で点を重ねる。役割を大ざっぱに言えばこんな感じだ。だが必ずしもこの五つに分かれるわけではない。チームの事情で一が三を兼ねたり、稀に五が三を兼任したりすることもある。

ちなみに僕は四のパワーフォワードだ。このポジション以外、僕が生き残れる場所はない。ゲームをコントロールできるほど視野は広くないし、ゴール下で争えるほど背が高くもなく身体が分厚いわけでもない。遠くからのシュートも苦手だ。結果このポジションしか有り得ない。

僕はこのポジションを死守するため、ある一つのことを徹底している。

それはいかに相手を振り切ってボールを貰うかだ。その振り幅が大きければ大きいほど攻める選択肢が増える。ボールを貰った瞬間相手を抜き去るか、フェイントを一つ入れるか二つ入れるか、パスをリターンして相手の裏を取り再びパスを貰うか。

もちろんこれはどのポジションでも必須のことであり、これができなければそもそも試合になんか出られない。だが僕のポジションは得点を取ってなんぼの世界なので、他の誰よりも素早く且つ的確にこれらを行い、点数を稼がなければ試合に出る意味はない。

お盆明けの日曜日。他校を招いて練習試合が行われた。

僕たちの高校は県内ベスト8の実力で、まずはベスト4を狙っている。相手は同レベルの高校だ（つまり県内ベスト8だ）。

同県内なのでどちらの高校で試合を行うか決まっていないが、僕たちの高校の体育館は比較的新しいので会場に使われることが多い。移動がないので楽と言えば楽だが試合の準備や片づけ、相手校の案内など色々と面倒臭い（もっともその多くは後輩の仕事だが。そして昨年までは僕たちの仕事だった）。

それは新チームになって初めての試合だった。練習ではレギュラー組に入っていたものの、試合前に名前を呼ばれたときはほっとした。

試合開始十分前。

僕はもう一度バッシュの紐を締め直し、足とシューズを一体化させる。シューズのソールをコートでキュッキュッとこすりグリップを確かめる。コーチが皆を呼び集め最後のミーティングを始める。


体育館は静寂に包まれている。僕たち五人はコートに足を踏み出す。

コート中央のサークルで両チームが並び、礼を交わす。そのあと、コートの中心点にボールを持ったレフリー、彼を挟んで両チームのセンターが向かい合う。他のプレイヤーはその周りでマッチアップした相手とポジションを奪い合っている。

いよいよだ。緊張と興奮が最高潮に達する。

レフリーがボールを高く上げ、試合が始まった。

ボールが最高点に達したところで西郷が相手より先にタップし、キャプテン且つガードの田中にボールが渡る。ジャンプボールは見事西郷が制した。

僕たちのチームのカラーはラン&ガンだ。要するに走って走って攻めまくる。

田中は軽やかにドリブルを始めると、シューティングガードの木崎にパスをする。冷静沈着を売りとする同学年の彼は、僕の動きを察知して受けた瞬間ほぼダイレクトに僕にパスをする。僕はそれをゼロ度の位置（ゴールの真横の位置）で受ける。相手のディフェンスはマンツーマンだ。つまり五人対五人、それぞれが相手をマークする。僕にとっては好都合だ。

ボールを受けた瞬間、相手はどっしりと構えていた。こいつはできる奴だ。そう直感した。だが迷っている暇はもちろんない。

ボールが手に収まり、足をコートに付けると同時に右へフェイクを入れて、左へドリブルを入れた。視界の隅で僕の動きついてこられない相手が見えた。僕はそのままステップを踏み左手でレイアップシュートをかます。

この一瞬で僕は試合に「入れ」た。

この瞬間に全てが詰まっている。自分のコンディション、相手の力量が身体に入り込み、今日の試合はどのように動くべきかが天啓のように分かる。

相手校を見送り、片付けが済むと僕たちは玄関のすのこで身体を大の字にした。

まだ日は高い。

緊張感から解放された身体はいつも以上の達成感と疲労感に包まれていた。すのこはそれほど広くはない。寝転がっているのはレギュラー五人組だけだ。キャプテンの田中が口を開く。

「何とか勝てたな」

皆が無言で同意しているのが分かる。僕も胸を撫で下ろしている。

僕たちの県下には不動の四校がある。いずれも私立校だ。

先輩の話によると過去十年顔ぶれは変わらず毎年その四校で優勝争いをしている。その中に食い込むことが僕たちの悲願であり目標である。

漫画やアニメでは、やれ全国大会だやれ世界へはばたけなど夢が溢れているが現実はそれほど甘くはない。いざ強固な壁を目の前にすると、その壁をいかに崩すかに集中せざるを得ない。そしてその壁は厚い。理由の一つは、私立は全国から有望な選手をスポーツ推薦で入学させているからだ。いっぽう僕たち県立校は地元出身者でまかなうしかない。

僕たちの高校が劇的に変わり始めたのは三年前ぐらいからだ。

コーチは五年前に赴任してきた。おそらく新卒での赴任だろう。それまでは県大会二、三回戦止まりだったのが、コーチが赴任して二年目にベスト16に入り、次の年にはベスト8まで入り込めた。

コーチの赴任一年目は全く結果が出せなかったが（そのことをコーチは一年目は種を撒いていただけだとうそぶいている）、二年目になりチームが勝ち始めてから皆の信頼を得るようになった。練習メニューはきつく（もちろん理にかなったものだが）、要求は高い。だから辞めていく奴は多い。だけど歯を食いしばって耐えて試合に勝つと嬉しい。やはり勝利の味を覚えなければならない。それを知らずに辞めていった奴は気の毒に思う。

耳に残る、コーチの言葉がある。

「誰かがしてくれると思うなよ」

これは練習中や試合中、しんどいときに頭に響く言葉だ。サボるなという意味も含まれているとは思うけれど、自身で切り開いていけという意味と僕は捉えている。人任せにしてしまうと試合が「遠く」なり、「入れ」なくなる。

そしてそれを見事具現化させていたのが、僕たちの一学年上の先輩、つまり六月に引退した五人だった。

はっきり言って僕はこの五人が苦手だった。嫌いと言ってもいい。がさつで自分勝手で横暴だった。ミスをしたら遠慮なく舌打ちし、睨み、毒を吐いてくる（実は僕たちの代が比較的多く残っているのはこの先輩たちのお蔭かもしれない。共通の敵ができると団結力が高まるものだ）。

それでも彼らが凄かったのは五人が五人「俺がチームを勝たせてやる」と揺るぎない信念を持っていたことだ。

もちろん喧嘩はよくしていたしバラバラになりかけたこともある。だが今年最後の大会で四校の一角を崩し掛けた（実質崩していた）のは彼ら五人だった。

あの日の試合はいまも目に、心に焼き付いている。

他校の生徒、他の試合目当ての観客、大会の運営スタッフなど、体育館にいる全ての人たちがその死闘の行方を、固唾をのんで見守っていた。

その日の彼らは空をうねる龍のようだった。縦横無尽に跳んで、駆けて、美しく舞った。彼らの意識が統一され、まるで一個の生命体のようだった。後にも先にもあのような完全なる融合体を見たことはない。

きっとあれは月食や日食がもたらすような奇跡の一瞬だったのだろう。が、それはときがたてば必ずズレが生じる。訪れたその、本当に微かなズレがあのアクシデントを引き起こしたのだ。あれさえなければ間違いなく彼らは勝利を収めていた。

「じゃあ俺帰るわ」

木崎がすっくと立ち上がり一度伸びをすると、更衣室へ向かった。とくに皆も気にすることはない。

冷静沈着を体現したような奴でプレイスタイルも性格もそのままだ。おまけに成績は学年トップクラス。無口でとっつきにくく、いまだに怖がる後輩がいるが気にするなと助言している。あいつは感情を表に出さないだけなのだ。

かくいう僕も入部して半年ぐらいは苦手だった。話しかけても返事は素っ気なく、でも練習はソツなくこなす。もちろんしんどいのだろうけれど弱音や愚痴はいっさい吐かない。

でも、いまではあいつを信頼している。

入部してすぐの頃だった。あまりにも実力が足りないことを痛感した僕は、早朝ランニングを始めることにした。体力の増強が急務だった。

朝五時半に起床し六キロ走る。時間にして約三十分。朝食後、朝練へ。ハードなスケジュールだったが、それぐらいもがかなければ振り落とされることは目に見えていた。ランニングを始めた当初は初夏で、朝日とともに目覚めその勢いで走れていたが、秋、冬となると太陽は深く眠り、その中で起き出すのはきつかった。だが起きないわけにはいかなかった。

ランニングのコースは決まっていた。走れば十分ほどで高校に着くので、部のトレーニングで取り入れているランニングコースだ。

ある日、気分転換をしたくてコースを変えることにした。年明けのことだった。地元なのでどこを走ろうが迷うことはない。だいたい六キロを三十分で走っていたので十五分たったら引き返せばいい。

入念にストレッチをしたあとランニングシューズの紐を縛って外に出た。この時期はネックウォーマーと手袋は欠かせない。可能な限り露出部分を減らす。減らしたぶん、より早く身体が温まり動きやすくなる。Ｇショックをストップウォッチモードに切り替えスタートボタンを押す。

始めの五分は月面着陸した宇宙飛行士のように慎重に身体を慣らしながら足を運ぶ。だいたい十分ほどでセカンドウィンドという心肺機能の安定する時間が訪れるのだけれど、ここまでの時間がしんどいと後半は楽で、逆に楽だと後半は少しきつくなるから不思議だ。

まだ街灯がともる道路は静かで眠っているようだ。自分の呼吸と足音だけが闇に響く。呼吸はリズムを整えて二度吸って二度吐く。

そして高校へと続くいつものコースではなく真直ぐ進む。この先は勾配のきつい坂道だ。コースを変えて気分転換ができたからかもしれない。いつもより身体は楽だ。

長い上り坂の始まりには住宅が立ち並んでいるが、徐々にその姿は減り雑木林が増えていく。この時間帯の森は少し怖い。コースの選択を間違えたかなと思ったが、いまさら引き返すのは億劫だ。きっと神経が過敏になっているだけだろう。

と、遠くのほうから聞き慣れた音が耳に届いた。何かを地面に叩きつける音。それはある特定の者しか反応しない独特のリズムだ。僕はその音に誘われるようにそちらに足を向けた。脇道へ逸れ、その音だけを頼りに進んでいく。

片側には住宅がぽつぽつとあるが反対側はすぐ傍まで山が迫っている。その音は山のほうから聞こえている。そして僕は山側に石段を見つける。十七年間育まれて遊びなれた街だが初めての場所だった。

普段ならランニング中に足を止めることはない。それまで築いていたリズムが崩れてしまうからだ。だが、そのときばかりは足を止めて石段の前で立ち尽くした。その音は間違いなくバスケットボール経験者が刻むドリブルの音だったからだ。

つづら折りの石段を上りその音に近づいていく。石段は舗装されているとは言い難く両側から雑草が伸び放題だ。やがて上のほうにフェンスが見えた。おそらく展望台か公園があるのだろう。そしてきっと、そこにバスケットゴールがあるはずだ。まれに公園にゴールが設置されていることがある。日本にはまだバスケットボールというスポーツが浸透していないのでめずらしい。

こぢんまりとした公園だった。砂場と滑り台、鉄棒が大中小と並んでいる。象と鰐と亀を模した跳び箱。藤棚の下のベンチ。

そこに違和感なく、まるで遊具の一つのようにバスケットゴールがあった。

ステンレスの棒を飴細工のようにくねくねと曲がらせて支柱からボード、ゴールを器用に形作っていた。体育館にあるものとは形状が違うが、三メートル五センチの高さにゴールがあれば練習には事足りる。そしてそのバスケットゴールの傍には街灯が立っていて、スポットライトのようにゴール下を照らしている。

光の中にいたのは木崎だった。

遠目でも整ったシュートフォームでそれが彼だとすぐ分かった。基本フォームはあるが、やはり本人の型というか癖は自ずと出てくる。

木崎はミドルレンジ及びロングレンジのシュートの安定感は抜群だ。頭が良い奴は正確なシュートを打てるものなのだなと感心していたが、どうやらそれは僕の思い違いだったようだ。スムーズな身体の動きを見ていると、練習を始めたのがついさっきというわけではないことが分かる。少なくとも僕より三十分は早いはずだ。

僕は声を掛けることなく石段を降りていった。

その後いまに至るまで木崎にその話をしたことはない。涼しい顔をしてレギュラーを勝ち取り、居残り練習をしないところをみると、いまもその習慣を続けているに違いない。かくいう僕もあれからランニングを欠かしたことはない。


腰、脇腹、膝、脹脛、太腿。いつも以上に身体の節々が痛い。身体を起き上がらせるのも一苦労だ。プロのアスリートならこのあとマッサージを受けて休養を取るのだろうけれど僕たちにはそんな暇はない。

僕が動き出したのを察してか一年後輩の西郷が僕より先に立ち上がり、先輩行きますかと促す。おそらく僕より心身ともに疲れているだろうに、こいつの負けず嫌いには頭が下がる。

一八五センチの彼はセンターを任せられている。西郷がもし入部してこなければ次に背の高い——といっても一七八センチなのだけど——僕がセンターを任せられるところだった。ポジションに向き不向きはあるが、センターは背が高いに越したことはない。その理由の一つとしてゴール下のこぼれ球を拾うのに有利だからだ。いくら上手い奴でもシュートは外す。そのときにそれを拾ってくれるプレイヤーが味方に必要となってくる。味方であれば攻めるチャンスが増え、敵であれば逆になる。必然的に背が高いほうが有利となるわけだ。

もちろんそれをジャンプ力でカバーできないことはないが限度がある。全力でジャンプした到達点と、軽くジャンプした到達点が同じなら後者のほうが断然体力の消耗が節約できる。

西郷は、身長は高いがそれ以外の能力に恵まれているわけではない。まだ一年ということもあって線は細くジャンプ力も人並みだ。シュート率も高いわけではない。身長以外でいうと、当然ながら全ての面において僕のほうが勝っている。

しかし彼には尽きない向上心と清流のような素直さ（愚鈍さと言えなくもないが）があった。

入部当初の西郷の印象はひょろっとした奴だなあ、だった。

中学と高校の大きな違いはフィジカル面にある。正直に言うと中学までは身長が高いだけで活躍できる。多くの中学生はまだ身体が出来上がっていないからだ。

だが高校は違う。十代後半は最も筋力がつく年代で、トレーニングの量がそのまま身体に出る。一年と三年なんて冗談ではなく子どもと大人だ。

もしかしたらこいつは続かないかもな、とも思った。壊されたプライドを再構築するのは生易しいことではない。僕たちの年代も、それが原因で何人も辞めていった。

案の定西郷は高校の洗礼を受けた。自分より背の低い先輩に吹き飛ばされ抜き去られ置いていかれた。明らかについていけていなかった。見ていて少し気の毒に思った。

ある日、居残り練習をしているときに西郷が声を掛けてきた。

一対一の相手をしてもらえませんか。

練習には様々な種類がある。シュート、ステップ、パス、ドリブル。その中で最も実力アップに繋がるのが一対一——戦国時代でいえば斬りあいのようなもの——なのである。結局これが強い者が生き残れるのだ。レギュラー争いや試合の勝負を決するときも。

僕も様々な先輩に勝負を挑み、ときに敗れ、ときに勝利をもぎ取ってきた。そして現在の勝率はかなり高い。その僕を指名してきた西郷の選択肢は間違っていない。

その日から居残り練習に西郷が加わった。

一対一の練習は複数人でするときもあれば、延々西郷とだけする日もあった。当然何度も西郷を打ち負かした。だが、もちろん西郷に止められるときもあれば、ゴールを決められるときもあった。西郷は感情が表に出やすい。勝てば喜び負ければ悔しがる。アドバイスは素直に聞き入れる。上手くなりたい。それだけの気持ちで動いている西郷の相手をするのは楽しかった。

その日、居残り練習をしたのはキャプテンの田中、僕と西郷、そしてもう一人のレギュラーの松田だった。松田が僕と西郷の勝負をしているところに割り込んできた。

「今日はやっぱり止めたほうがいいよ」

松田はセカンドガードを任せられている。主にボール運びの補佐とロングレンジのシュートが仕事だ。松田は不思議な奴で、ドリブルやシュートは確かに上手いが、他に上手い奴は何人もいる。だが彼と一緒にプレイしたことがある者なら皆口をそろえてこう言う。あいつとやると居心地が良い。

試合には川のように流れがある。ゆっくりのときもあれば激しいときもある。ゴミの蓄積、土砂崩れで一部滞ることもある。その流れをいかに自分たちのペースに持っていけるかが鍵なのだ。その流れは、僕自身が試合に「入って」いけるかに強く関わってくる。松田はその流れを作り出す能力に長けているのだ。例えば、知らぬ間にハイペースな試合運びになっているとき敢えてゆっくりドリブルをしてボールを運んできたり（ほぼ誰も気づかないぐらいの微妙なスピード。あからさまにゆっくりしてしまうと苛々してしまう者がいるからだ）、見事なカバーリングをして相手からボールを奪い去り、ボールの保持率を高くしたりする。それは試合中には全く気づかない。終わってみて改めて思い返すと初めて気づくのだ。いまも松田の能力についての見解が正しいのか自信はない。でも今日レギュラーに選ばれたということは何がしかの才能をコーチが見出しているということだ。

もちろん松田がなぜレギュラーに選ばれたのか疑問に思っている奴は少なからずいる。

止めたほうがいい、と忠告してきた松田に西郷が食いつく。

「なぜですか」

西郷はまだ松田の特異な能力には気づいていない。あからさまな敵意をむき出しにする。僕はまああと宥めて、なんで？　と訊ねる。

「針金をさ、何度もくねくね曲げると、摩擦で熱を持ってぽきっと折れるんだな。お前ら見ているとそんな感じがする。俺も今日身体の調子変だし、帰って休んだほうがいいよ」

松田はよくこんな独特な言い回しをする。でも僕は彼の言わんとしていることが何となく分かった。

「そうだな。西郷、今日は上がろう」

「マジッスか？」

「先輩命令」

はい、と西郷は不満そうに頷く。

「うん。そのほうがいいよ。前に女子部の、あの何さんだっけ……。彼女にも忠告したんだけど聞く耳持ってくれなくて、で、結果あんなことになってさ。お前らは耳を傾けてくれて良かったよ」

そう言って松田は反対側でシュート練習をしている田中に、「おーい俺たち帰るからお前も帰れー」と叫んだ。


いつも居残り練習を終えるのは午後七時を回ってからだ。その時間になったらコーチから声が掛かる。

オーバーワークは良くないということは常々コーチから言われていた。でも居残り練習を止められたことは一度もない。

性格が各々違うように身体のつくりもまた然り。負荷に耐えられる身体があればそうでないものもある。筋肉は負荷を与えた分強く硬くなる。しかし負荷を与えすぎると疲労が蓄積し、悲劇が起きる。その線引きが午後七時なのだろう。

日が高い時間にコートをあとにし着替えるのは何だかそわそわした。体育館内にある体育教師用の職員室からコーチが出てきて、めずらしいな、どうした、と声を掛けてきた。体育館のコートと職員室は分厚い窓ガラスで分けられているだけで、そこからコートは見渡せる。コーチの問いかけに田中がすぐさま返事をした。

「今日新チームの初めての試合で、疲労や緊張が残っていると思うので、大事を取って休ませることにします」

と、まるで自分の手柄のように話した。この調子の良さはいつものことなので松田を含め僕たちは苦笑してやり過ごした。コーチもその辺りの事情は分かっているので、田中の肩をぽんぽんと叩いて、さすがキャプテンだな、と誉めそやした。

午後五時を過ぎた時間で外はまだ明るい。いま帰ったところで夕食の八時までお腹は持ってくれない（母はこの時間に合わせて作ってくれる。有り難いことだが、残念ながらイレギュラーには対応してくれない）。今日残った田中、松田、西郷も大体事情は同じらしく、帰りにコンビニに寄ることにした。

シャワーを浴びたあとの髪が自転車の風に流れて心地良い。

通学の自転車組は僕と松田、電車組が田中と西郷。僕の後ろに西郷、松田には田中の組み合わせで二人乗りの自転車は下り坂を勢いよく駆けていく。たまに警官に注意されるが義務的なもので大概は見逃してくれる。

コンビニでは限られた小遣いの中で各々が空腹を満たす食べ物に頭を悩ました。僕はカップヌードルカレー味大盛り。疲れた身体にスパイスの効いたカレー汁が堪らない。値段も二百円ちょっと。田中はから揚げをプレーンとチーズの二種。松田はソーセージが乗る菓子パンとカレーパン（僕も悩んだ）。西郷はみそ味の大盛りカップ麺とおにぎり二個。さすがに食い過ぎだろうと皆でつっこんだが意に介さず、勢いよく口にかき込んだ。

腹が満たされ一息つくと心地良い疲労がどっと押し寄せてきた。睡魔が押し寄せてくるいっぽうで気分は高揚している。改めて今日の試合を思い出す。このメンバーで勝ったのだ。試合終了直後、僕たちは喜びをかみしめた。だが所詮は練習試合。まだ始まったばかりだ。

ここで浮かれるわけにはいかないが、ゴールを決めたときの手応え、相手を抜き去ったときの快感、それらが記憶によみがえり身体が打ち震える。また早く試合がしたい。コートを駆け、ドリブルをつき、シュートを決めたい。やっぱり今日はもう少し練習しとけば良かったかなと少しだけ後悔した。

おい田中、と松田が唐突に切り出す。

「中山さんってお前と同じクラスだったよな？」

「そうだけど」

「どんな感じ？」

「何で？」

「いや、さっきふとそんな話になってさ」

「いま夏休み。教室には誰もいない」

「あ、そっか」

田中と松田のとぼけたやりとり。いつもこんな感じだ。ゆったりした空気が流れる。

「そういや最近、部活に顔出してませんね」

二個目のおにぎりを頬張りながら西郷が呟く。そうだっけ、と僕が訊きかえす。

「先輩は本当に他人に興味ないですねえ。僕は個人的にあの人は先輩と近しいものを感じてよく観察していたんスよ。だからあんなことになってちょっと悲しいっス」

「近しいものってどこが」

「んー何でしょうね。周りは関係ねえ、みたいなところが」

「あ、それ分かる」

田中と松田が同じ言葉を同じタイミングで言う。

「つべこべ言うんなら俺を倒してみろ、みたいな」

調子に乗った西郷が続けて言う。うんうんと二人は頷く。

「結局お前があの偉大な先輩たちの血を多く受け継いでんだよなあ」

最後に田中がぽつりと呟く。僕は、はいはいそーですか、と軽く受け流す。

「いやいや、ホメてんスよ」

僕の気分を害したと思ってか西郷が慌ててフォローを始める。

「だからこそ毎日相手してもらってんスから」

分かった分かったと彼の肩を叩く。西郷はほっとしたように顔を崩す。

あの偉大な先輩たちになぞらえて貰えるのは光栄だが、やはり畏れ多い。あの人たちは格が違う。新チームの僕たちが、もし彼らと戦ったとしたら開始五分で戦意喪失を余儀なくされるだろう。

日が沈み肌に感じる空気が冷たくなってきた。誰からともなくベンチを立ち、自転車組、電車組と別れ、それぞれ帰路についた。

五

今日は雨だ。僕は傘を差し自転車にまたがる。片手漕ぎは少々神経を使うがとくに支障はない。十分ほどの道のりだ。靴やズボンが多少濡れるがどうせすぐ乾く。

夏の厳しい練習を乗り越え今日から新学期が始まる。

暦の上では秋終盤だがまだまだ暑い。日中外にいるとすぐ汗が噴き出す。今日は雨のせいか少し肌寒い。腕にあたる雨粒がひんやりする。

住宅地を抜け林道に入る。

この道は神社に繋がっていて、いまではアスファルトで舗装されているが、道沿いには杉の木が林立していて、ここを通るたび参道としての名残を感じる。雨風を防いでくれるので今日みたいな日は有り難い。この道を真直ぐ行けば神社へ繋がる石段に続き、その手前で右へ曲がれば高校だ。時刻は七時十五分。行き交う人はほとんどいない。駅へと向かうスーツ姿の男性とすれ違ったぐらいだ。

神社の手前辺りをこちらに背を向けて誰かが歩いていた。目を引く歩き方だと思ったら、松葉杖をつき傘を差していたのでひどく歩きにくそうだった。確認するまでもなく中山だと分かった。僕は尻込みした。あの日のようにまた睨まれやしないだろうか。だが進まないわけにはいかなかったので極力彼女を見ないようにして隣を通り過ぎた。僕に気づいたかどうかは分からない。

雨の日のコートは湿気を含みグリップがよく効く。要するにクイックネスや切り替えしという動作がより効果を発揮する。だがいっぽうで足首に負担が掛かる。そのためにバッシュの多くは足首まで覆うハイカットモデルが主流だ。

僕はコートの入口で腰を下ろしシューズに足を通す。そして立ち上がり相棒のアシックス・ジャパンLをコートに擦り付け、グリップを確かめる。

体育館倉庫にボールを取りに行こうとコートを横切っていると、体育館の電気がゆっくりつき始める。コートと窓を隔てた別室の教官室を見るとコーチが片手をあげ、コーヒーを飲んでいる。僕は軽くお辞儀をして先へ進む。

朝練は主にシュート練習に費やす。一番集中できる時間だからだ。もちろん練習後の疲れた時間でのシュート練習も大切だ。力が拮抗した試合で勝敗を決するとき疲労していないわけがないのだから。朝練の目的はおもにフォームのチェックと練磨だ。反復練習することで理想のフォームに近づけていき、疲労時のシュート率の精度も上げていく。

シュート練習は大体フリースローから始める。

コートには自陣、敵陣それぞれに、ゴールをコートの短辺の真ん中に置いて、台形と半円が描かれている。その台形の底辺の真ん中にゴールがあり、上辺のラインからシュートを打つ。ゴールまでの距離約六メートル。その名の通り誰にも邪魔されずフリーで打てるからフリースローラインという。

フリースローが与えられる条件は、シュート体勢に入った状態でファールを受けたときだ。二本打つことができる。通常はワンゴール二点だが、フリースローの場合は一点だ。二本決めてワンゴールの計算になる。誰にも邪魔されないのだから妥当なルールだと思う。

このフリースローは重大な場面に訪れることが多い。例えば一点差で負けている試合終盤。体力は限界に達し、残り時間は僅か三十秒。一本決めれば同点そして延長戦、二本決めればほぼ勝利確定、二本とも落とせば敗北。

僕はフリースローの練習のとき、いつもこの場面を思い浮かべる。

プレッシャーを背負いこんでシュートを放つ。難しいもので重荷を背負い過ぎると身体が固くなり軌道が短くなる。だがリラックスし過ぎると左右にブレる。程よく身体に力を入れ、程よくリラックスする。その塩梅が難しい。だが上手く照準が合ったときはボールが手を離れた瞬間に入ることが分かる。ロックオンしたミサイルが発射ボタンを押すと同時に目的物に命中するように。

だがその感覚を掴むのは簡単ではない。その日の体調、筋肉の疲労、気持ちの安定も関係してくる。しかし何と言っても必要なのは反復練習だ。何百、何千とシュートを放ち、膝、腰、腕、手首など身体全てにその感覚を覚えさせていくしかない。計算式や方程式などない。身体の声に耳を澄ませ核のようなものを掴んでいく。

十分程集中してフリースローを繰り返し、一息いれる。体育館の時計を見ると七時四十五分。八時頃から皆が集まってくる。一時間目の授業が八時五十分から始まるので、五分前まで汗を流して急いで着替えて教室へ向かう。夏は汗が止まらなくて困る。

そう言えば中山もこの時間から黙々とシュート練習していた。コートで二人きりのことがよくあった。女子は筋力の関係かダブルハンドでシュートする者がほとんどだが、中山は女子にしてはめずらしく男子のようにワンハンドだった。

ゴールまでのシュートの軌道は人によって違う。高く山なりの軌道を描く者もいれば弾丸のようにゴールへ目掛けて真直ぐ飛ばす者もいる。どちらが正解とかはない。中山のシュートの軌道は高く柔らかかった。

授業と授業の間の休憩時間は十分だ。午前中の授業は四つある。三限目と四限目の間に僕は昼練のために弁当をかきこむ。お蔭で四限目はほとんど夢の中だ。母さんには申し訳ないが、放課後の練習のために別におにぎりを用意してもらう。

四時限目終礼のチャイムとともに目を覚まし、着替えの入ったビニール製のナップサックを片手に下げ教室を出る。学校中に解放感が満たされるなか足早に体育館を目指す。朝から降っていた雨はまだ止んでいない。幸い校舎から体育館までの導線には屋根がついているので雨に濡れる心配はない。

旧体育館を通り過ぎるとき突然誰かから声を掛けられた。目を向けるとそこにいたのは中山だった。旧体育館には四隅に鉄製の扉がある。そこに続く階段に彼女は座っていた。隣には松葉杖二つが並んでいる。同じバスケ部だが男子と女子の間に交流はほとんどない。会話を交わすのは初めてに等しい。

「何?」

少し声が上ずった。女子との会話には馴れていない。それにしてもなぜ彼女はこんなところにいるのだろう。チャイムはさっき鳴ったばかりだ。すぐに教室を出たとしても、真直ぐ体育館を目指して歩いていた僕より早くここに着けるわけがない。ましてや彼女は速く移動するには困難な状態だ。

「あなた、抜いてプレイしているでしょ」

中山は僕を真直ぐ見て言った。彼女はなぜかひどく怒っていた。

「時間は限られているのに。私はあなたのプレイを見ていると苛々する。言いたいことはそれだけ。ごめん呼び止めて。さよなら」

中山はそれだけ言うと顔を背けた。完全に僕という存在を頭から消したようだ。思い出したように雨音が辺りに戻ってきた。


「今日調子悪いっスね」

練習後、西郷が声を掛けてきた。

「そうか？」

「キレがないっスね。あと気合も足んないっス」

語彙力はないが言わんとしていることは分かる。

「風邪っスか？」

西郷の中では調子が悪い＝全て風邪らしい。たぶん風邪以外の大病を患ったことがないのだろう。僕は大丈夫だよと努めて冷静な声を出す。

六

週末の土曜日の練習に引退した三年生が顔を出した。

このようなときは必ず最後に現役と先輩の試合を行う。集まってきたのは元レギュラー組の四人。もう一人は予備校の模擬テストで来られなかったらしい。彼らが引退して二カ月。決して油断していたわけでも手を抜いていたわけでもない。むしろその存在感、威圧感に圧倒されないように気を奮い立たせていた。

結果は惨敗だった。

十五分の試合形式を三本やって全て負けた。僅差が一度あったが、あとの二つは十点以上差を開けられた。彼らに現役のときほどの運動量がないのは明らかだった（それに一人は人数合わせで後輩が入っていた。言葉通り本当の人数合わせだ。戦力に入っていない)。もちろん僕たちのほうが足を使い、声を掛けあった。だが勝利をものにしたのは彼らだった。チャンスとあらば津波のように襲いかかり点数を重ねていった。僕たちはそれこそ大波に飲み込まれてしまった。

練習が終わり、もやもやした気持ちのままコートに座っていると、制服に着替えた先輩が一人僕に近づいてきた。

岡野先輩。

ポジションは僕と同じパワーフォワード。つまり今日マッチアップした相手だ。僕とは真逆のプレイスタイルで強引なポジション取りからのパワープレイで押し込んでくる。入部当初からこの人は苦手だった。

岡野先輩が僕の傍に来る前に立ち上がり頭を下げる。

「今日はありがとうございました」

苦手だがその実力には敬意を払っている。岡野先輩は僕の言葉に反応することなく開口一番こう言った。

「何やってんだお前」

僕はぐっと言葉に詰まる。

「あの〝圧〟はどこにいっちまったんだ」

そう言い残すと先輩は背を向けてコートを去っていった。中山の言葉が重なる。

あなた、抜いてプレイしているでしょ。


ファイブファールというルールがバスケにはある。

要約すると五回反則行為を行うと退場、つまり試合には出られなくなる。

似たルールでいうとサッカーのレッドカードがあるが、その後の処置でバスケとサッカーには相違がある。サッカーは退場者が出ると人数の補充はできない。つまり一人少ない状態で戦わなければならない。しかしバスケは補充できる。不利は生じない。しかしそれはあくまで数的という意味においてだけだ。時と場合によってはその補充は全く意味をなさない。

先輩たちの引退試合となった、昨年夏の最後の大会。それはベスト4を賭けての準々決勝だった。相手は県大会優勝常連校（いまのところ四年連続優勝をかっさらっている）で、全国大会でも上位に食い込む圧倒的覇者。

大抵の強豪校は一軍と二軍の二部制だ。一軍はレギュラー及びベンチ入りメンバーで十五～二十名（ベンチ入りメンバーは十五名だが将来有望の者が入れ替わりで加わる）、二軍はそれ以外のメンバーだ（初心者も含む）。基本的に練習メニューから全く違うらしい。

相手校は毎年準決勝、つまりベスト４に入ってからでないとレギュラー組は出してこない。それまではサブ組でまかなう。レギュラー組の力の温存とサブ組の経験値アップが目的だろう。

だがこの試合に限っては序盤からレギュラー組を揃えてきた。ここまでの先輩たちが叩き出した戦果からすると妥当な判断だといえる。先輩たちのボルテージが上がらないわけがなかった（もしこれまで通りだったら、それはそれで別のボルテージが上がったことだろう）。

僕たちのときもそうだがコーチは試合前とくに指示らしい指示はしない。相手校の特徴を軽く伝える程度だ。基本的にプレイヤーに全てを委ねている（試合中には向かうべき方向が間違っていたら軌道修正をし、無駄があれば排除するようアドバイスしてくれる)。

　この日コーチは試合前、皆を集めたが暫く黙っていた。代わりにレギュラー組五人の顔を一人ずつゆっくり眺めた。そして徐《おもむろ》に口を開いた。

「ジャイアントキリングという言葉がある。格下相手が圧倒的強者を倒し、勝利をもぎ取るという意味だ。まあ、大番狂わせってやつだな。で、今日お前らがそれをやってのけたとして、少なくとも俺はそうは思わない。お前らもそうだろう。全国区なんて関係ねえ。蹴散らしてこい」

　斬りあいに臨む剣豪のような、静かな迫力だった。

　試合は前・後半二十分ずつの計四十分。

　序盤から試合は拮抗した。そして始まって早々、五分で相手校はタイムアウトを取った。

　明らかに泡を食っているのが分かった。全国区の高校といえどレギュラー陣は今大会初戦、まだ本調子ではないことを差し引いても、先輩たちの力を軽く見積もっていたのが明らかだった。相手校のコーチ（白髪が目立つ初老の男）が五人並べて活を入れているらしいのが目に入った。戦略云々より精神的なテコ入れのためのタイムアウトだろう。かたや我がチーム――先輩およびコーチ――は無言で顔を合わせようともしない。皆の意識は全てコートに向いている。

前半が終了した。二点ビハインドで折り返す形となった。相手校はスロースターターではない。最初からギアをトップに入れ前半で大差をつけ、戦意喪失を誘うタイプだ。そして後半にはサブ組を入れてくる。

さすが全国区の選手だけあって前半の結果を冷静に受け止め控室へ向かっていく。しかし彼らの表情には微かにもどかしさのようなものが現れていた。たとえば道端に石ころが転がっている。彼らにとってはめずらしいことではない。蹴飛ばすか持ち上げるかして排除するだけだ。だが今回のそれはいままでのものと違う。重く、なかなか動かすことができない。また排除できたと思っても気づけば元に戻っている。

いっぽう我がチームのレギュラー陣はベンチから動こうとしなかった。疲労もあったと思うがそれだけではなかったと思う。彼らはいま全身全霊をコートに預けている。そこから離れたくなかった、いや離れられなかったのだと思う。居心地が良いとかそんな生易しいものではない。そこから離れてしまうと全ての繋がりが断ち切られてしまう。そんな共通認識があったのではないだろうか。コーチとの、このコートとの、今日全てのプレイとの、そして何よりも五人との繋がり。危うい綱渡りのような。だが、その表情には一切の迷いはなかった。

体育館のもう一つのコートでは同時刻に別の準々決勝が行われていたが、前半の中盤辺りから観客の関心は完全にこちらのコートに移っていた。もしかしたら、いやいやそんなことは、でも待てよ、万が一という様々な憶測が飛び交っていた。

僕は休憩中の張り詰めた空気の中、胸の高鳴りが治められないいっぽうで、一抹の不安を抱えていた。

岡野先輩が前半だけですでに三つのファールを犯していたのだ。

強気で荒々しく、自身の道を力でねじ伏せて切り開いていくプレイスタイルの彼は、これまでもファールを重ねがちだった。それでも僕の記憶している限り、退場をしたことは一度もなかった。二つ、三つは当たり前だったが、四つまでするところは見たことがない。というのも、そうすると後がないので事実上、戦力外も同じだからだ。だからこれまで前半で多くとも二つ、後半で一つするかしないかぐらいだった。先輩は熱くなりながらも常に冷静だった。

それがすでに三つ犯してしまっている。

マッチアップした相手も悪かった。この試合は両者ともマン・ツー・マンディフェンスだったのだが、彼の相手が真逆のプレイスタイルの持ち主だった。クイックネスとスピード、例に出すのもおこがましいが僕と同タイプのプレイヤーだった。

このタイプの特徴は相手のプレイを透かしたり、先回りしていち早くプレイを押さえたりする、いわゆる真っ向からぶつかるのを避けることを得意とする。もちろん岡野先輩は試合開始すぐにそのタイプだと理解し、相応の対処はしていたが、なにせ相手は全国区だ。完全にいなせるわけではない。そこに彼の勝気な性格が災いとなり、ファールを重ねていったのだ。

そして後半が開始され、十分を過ぎたあたりだった。

とうとう岡野先輩は四つ目のファールを犯してしまった。コーチはタイムアウトを取った。一進一退を繰り返していたが、点差は常に相手校がリードしていた。それでも三点以上離されることはなかった。

試合は残り十分。

普通ならここでいったん岡野先輩はベンチに下げる。そして試合の終盤にもう一度復帰させ勝負に出る。それが定石だ。

そして僕は後半が始まったときから覚悟はしていた。交代するならおそらく同ポジションの自分だ。だが僕の中では不安の嵐が吹き荒れていた。いつもならむしろこんな状態を待ち望んでいた。一矢報いてやる、自分の力を見せつけてやると。だが、いま目の前で繰り広げられている激戦に自分が入り込む余地を見出せなかった。こんな群雄割拠の戦場に送り込まれていまの僕にできることは何もない。

数秒思案した末にコーチは交代させない選択肢を取った。それは岡野先輩をはじめレギュラー陣が望んだことだった。

さすがのレギュラー陣も体力は限界に近く、タイムアウトの一分間はベンチに座り込み、肩で息をしていた。僕たちにできることは薄めたポカリスエットのボトルとタオルを渡すぐらいだった。

そして無情にもタイムアウトの一分間はあっという間に過ぎ、審判が笛を鳴らす。レギュラー陣は顔を合わせるでも声を掛け合うでもなく、コートを見据えて立ち上がる。

そのとき僕の傍にいた岡野先輩の身体がふらりと揺れて、僕は慌てて横から支えた。が、先輩は何事もなかったかのように体勢を立て直し、コートに戻っていった。彼のことを知り尽くしている僕にとって有り得ない出来事だった。彼は無尽蔵の体力の持ち主だ。足元がふらつくなんて信じられないことだった。

この異常事態に気づいたのはおそらく僕だけで、でもこれからの試合展開を考慮すると、見て見ぬ振りをするしかなかった（いまだにこのことをコーチに伝えておくべきだったかどうか悩むことがあるが、たぶん伝えたところで選択肢は変わっていなかったと思う）。

奇跡、ではない。

僕たちにとってはいつか起こり得ることがついに起きた、という歓喜の気持ちだった。

後半十五分。試合終了まで残り五分。二点のビハインド。そのときにそれは起こった。岡野先輩がオフェンス（攻めている）のときにリバウンド（ゴールから外れたボールをキープすること）をもぎ取り、そしてそのままゴール下から得点を奪ったのだ。それも相手のファールを誘って。

狂気の沙汰としかいいようがなかった。少しの身体のぶれが、重心の位置のミスがファールに繋がり即退場となる場面なのに。

体育館全体が震えあがった。全身が総毛立ち頭の芯が痺れた。目の前で起こったことが現実として認識されるのに時間がかかった。

この場合、二得点はもちろんのことフリースロー一本がさらに与えられる。二点をもぎ取ったことですでに同点に追いつき、さらに岡野先輩は難なくフリースローを決めた。

この試合初めて相手校の得点を上回ったのだ。

漫画やアニメならこのあと相手校が隠していた本気を出してきて逆襲を始めるなんて展開があるかもしれないが（なにせ相手は全国区の高校だ）、そのようなことはなく両チームとも同じくらい満身創痍だった。体力の限界域で戦っており、試合がどう転ぶか誰にも全く分からなかった。が、流れはこちらにあった。岡野先輩のワンプレイが波を一気に引き寄せた。

終了まで残り三分。試合は一進一退を繰り返し、だが先輩たちは一点リードを死守していた。奪われたら必ず奪い返した。生命を懸けた戦いに挑む野獣のような、鬼気迫るものがあった。

悪夢、が起こった。

いや、心のどこかでそれはいつか起こるのではないかと思っていた。危うい場面はいくつもあった。

残り二分を切っていた。

バスケットボールのルールの一つに、オフェンス時は三十秒以内にシュートを打たなければならないというものがある。残分が少なく点差が広がっていれば少しでも早くシュートを狙いに行かなければならないが、現在僕たちのチームが勝っているとはいえ、その差は一点だ。ワンゴールで逆転されてしまう。だから両チームとも時間を目一杯使ってボールを回し、より良いシチュエーションを作り出してゴールを奪う戦略で戦っていた。

先輩たちがディフェンス時、相手チームはやはり確実な場面を作り出そうと時間を使って巧みにボールを回していた。そして二十秒を切ったあたりで、ボールがスリーポイントライン上のゼロ度（ゴールの真横に当たる）の位置のプレイヤーに渡った。そろそろシュートセレクションを頭に入れないといけない時間帯だ。マッチアップは岡野先輩だった。

ボールが相手に渡ったとき、岡野先輩の一歩が出遅れた。相手がそれを見逃さないわけがない。普段の先輩なら少しの遅れも、これまでの経験と相手の身体の動きから、次なる行動を予測して瞬時に対応してくるのだが（普段サブチームとしてマッチアップしているので、その対応力の的確さに何度も行く手を阻まれている)、かなりの疲労が蓄積されていたのだろう、いつものキレが半減以下だった。

それに加え相手のプレイヤーは僕にはない武器を持っていた。それはスリーポイントシュートだ。現にこれまで二本決めていた。その布石が岡野先輩を前につりだし、その負担がさらに足腰へと掛かった。

彼がシュートモーションに入ったとき、岡野先輩が出遅れた分を取り戻すため、前屈みになっていたことにおそらく気づいた。そこでシュートフェイクを一つ入れた。それで先輩がジャンプしてブロックに来れば抜き去ればいい。しかしもちろん先輩はそんなフェイクには引っかからない。こういった応酬は試合中に幾度も行われ、互いに出し抜いたり出し抜かれたりしている。彼もフェイクに掛からないことを見抜き、プランを変更する。ドリブルを一つ入れてサイドにずれ、そこから瞬時にシュートを打つか、もしくは前屈みに向かってきている先輩の重心の逆側をドリブルで抜き去るか。彼が選んだのは後者だった。足腰に疲労が溜まっていることを見抜いていたのかもしれない。

彼は向かってくる先輩の左側にドリブルを入れ抜き去ろうとした。

心身ともに調子がいいときは頭で判断する前に勝手に身体が反応するものだ。

しかし精神的には最高潮に達しながらも身体がそこについていけていなかったらどうなるか。身体が反応していないのに、最適解の動きだけが先にイメージされる。それを埋めるために身体を反応させようとする。だが疲労が蓄積され筋肉が微塵も動かない。

結果、心身の方向性がちぐはぐとなり、ズレが生じる。

岡野先輩は出した右足から重心を左に移し、身体を持ち直して相手を追おうとした。が、左足に重心は移動したものの、次の右足が相手を追えなかった。結果上半身だけが相手を追いかけ、身体のバランスを崩し、後ろから押し倒す形となってしまった。

その後、交代枠で僕が入った。成す術は何もなかった。五点差をつけられて先輩たちの夏は終わった。


先輩に会うと否が応でもあの試合を思い出してしまう。

そして彼らの偉大さと自分の無力さを思い知る。今日は尚更だ。

「なあ西郷」

シャワーのあとタオルで身体を拭きながら、身体的にはまだまだ発展途上中の隣の大男に声を掛ける。なんスか。針金のような短髪をごしごし拭きながら僕を見る。

「俺は変わったか」

「岡野さんに何か言われていましたね」

「だな」

「別に何にも思わないスけどね」

「そっか」

「あ、でも何だか緩くなった気がします」

「プレイがか」

「いや、そういうのじゃなくて。膜というか壁というか。前だったらこんなこと俺に言わなかったでしょ。入り込む隙がなかったというか。その辺スかね。あんま上手く言えないスけど」

七

何をすればいいか分からない。だが何かをせずにはいられなかった。それほど二人の言葉は重かった。何せ自覚がないのだ。そして考えるのを止めた。元々が頭を動かすのが得意ではない。悩むより身体を動かすほうが性に合っている。要は二人を黙らせるほど上手くなればいいだけの話だ。答えが出ると心と身体が軽くなった。

まずは自分のウィークポイントに目を向けることにした。

僕の武器はクイックネスとジャンプ力、要するに脚力が強みだ。それに対して圧倒的に足りないのは上半身の筋肉、つまりパワープレイだ。そこを強くしていくのはどうだろう。

毎週月曜日はランニングとウェイトトレーニングに当てられていた。

ランニングは六キロ走、ウェイトトレーニングは最低限課せられているトレーニングはあるが自主性に任されている。僕はこれまで最低限のことしかやってこなかった。確かにパワープレイが必要な場面はある。だがそれは自分の役割ではないし、たとえそのような場面が訪れたとしても脚力にものを言わせて回避してきた。

ランニングを終え、各々がウェイトトレーニングに入っていく最中、キャプテンの田中に声を掛けた。田中は小柄だ。確か一六五センチと言っていた(サバをよんでいるかもしれないが)。しかしそれを補うほど体幹に優れている。ジャンプ力や瞬発力、スピードなどは僕のほうが勝っているが、安定感と筋力はとても敵わない。練習や試合中、彼が倒れたところはほとんど見たことがないし、身体がぶれないからパスの精度は安定している。それは弛まぬウェイトトレーニングの成果だ。

主に上半身を鍛えたいと相談を持ちかけた。田中はほうと感嘆の声を上げめずらしい生物を見るかのような眼差しで僕を眺めてきた。

「いったいどういう風の吹き回しだ」

「足りないところを補いたい」

田中は少し考えたあと腕を組んで、うーむと唸り声を上げた。

「別に止めねえし、やり方は教えるけど、本当にいまお前に必要なことか、それ」

「どういうことだよ」

「いや、俺はさ、ポジション的にどっしり構えていなきゃならないし、安定したドリブルをして、パスを供給しなきゃならない。結果お前より胸板厚いし、絶対当たり負けしないし倒れない。だけどさ、お前は違うじゃん。確かにお前の身体の線は細い。バランスを崩して倒れることもままある。でもお前の凄いところはボールを渡したら何とかしてくれると思わせてくれるところだ。それは筋力や体幹といった物理的なものじゃない。経緯はどうであれ結果をもたらしてくれる。多少ムラはあるけど、その信頼感は入部当初から変わっていない。つまりお前はお前なりに自分の素材を活かしてプレイできているってことなんだ。たぶんあれだろ。お前この前、岡野先輩に言われたこと気にしてんだろ」

僕はぐっと言葉に詰まる。

「盗み聞きするつもりはなかったんだけど、傍にいたから聞こえちまってな。あれを真に受けるのがお前らしいっていやお前らしいけれど、ある意味、叱咤激励だと思えばいい。現役である俺たちへの嫉妬も含まれているかもしれない。確かに俺たちはあの日ボロ負けした。それは受け止めなきゃならない。だけどさ、俺たちはまだ始まったばかりで、あの人たちは最後の試合で集大成を迎えたんだ。それがほんの一、二カ月で差が埋まるはずがない。あんな伝説を作った先輩たちだ。いまは負けて当然。これから一年後にあの域まで達せられたら万々歳と考えりゃいいんじゃないか。加えていうと、あの日のお前も決して悪くはなかったぜ」

田中の言葉にはっとさせられる。彼とは入部当初からの付き合いだから一年半ほど共にコートで過ごしている。調子のいいところや大ざっぱなところばかり目がいってしまい、無意識に自分より格下だと思っていた自分が恥ずかしい。

「お前、分かりやす過ぎ」

田中はにやにやしながら僕の肩を強めに叩いた。

「どうせ俺のことなんか、ただの筋肉バカとしか思っていなかったんだろ」

「そんなこと」

ねえよ、という前に田中はもう一回僕の肩を叩き、その筋骨隆々とした腕を僕の首に回し、顔を引き寄せてきた。

「ま、でもお前のその女みてえなひょろひょろの身体を多少鍛えるのは悪くはねえ。俺がみっちりカリキュラムを組んでやる」

田中は、がははと笑いながらベンチプレスの前まで僕を引きずっていった。

八

秋といえば文化祭のシーズンだ。

僕の高校では二日間にわたって催される。もちろん昨年も参加したわけだけど校内がちょっとしたお祭り騒ぎになって、それなりに楽しかった。

学年ごとに出し物が決まっていて、一年は仮装行列、二年は教室を使った催し物、三年は舞台演劇と分かれている。その他、演劇部や吹奏楽部の発表会や保護者や先生たちによるフランクフルト、焼きそばなどの屋台が並ぶ。

二年は教室で何かをしなければならなかったが、僕のクラスはそれほど熱量が高いわけではなく、誰かが提案した人形劇に落ち着いた（赤ずきんちゃんをパロディ仕立てにしたオリジナル脚本のようだったが、とくに面白いとは思わなかった）。僕は当日に駆り出されるのが嫌だったので裏方に従事し、背景を画用紙に描いたり段ボールやティッシュの箱でベッドや箪笥などを作ったりした。細かな作業は割と好きなので出来上がりは好評だった。これで当日は自由に行動できる。

文化祭当日。

十月も半ばを過ぎ、晴れてはいたが肌寒い日だった。厚手の上着を羽織る生徒がちらほらいた。一限目の登校時間に出席を取ると、あとは自由だ。そもそもそんな時間より早く準備している生徒もいるし、初めからサボるつもりの生徒もいる。欠席日が一日増えるだけだから、いまどき皆勤賞を狙う奇特な者以外は休んだとしてもとくにデメリットはない。

出席確認のあと人形劇のパフォーマー部隊は準備やリハーサルに入ったが、僕たち裏方部隊は、前日にすでに舞台装置を設置し終えていたので手持ち無沙汰となり、何となく解散という形になった。

このあと部活の後輩の仮装行列、明日は先輩の舞台演劇には顔を出そうと思っているが、この二日間どう過ごすかは決めていない。いま九時を過ぎたところでオープニングは十時だ。昨年同様だととくにオープニングセレモニーがあるわけでもなく、実行委員が校内放送でオープニングを告げるだけだ。

僕と同じように手持ち無沙汰でいる田中と松田を見つけて物見遊山に赴いた。といっても男三人で回ったところで楽しいハプニングが起こるわけはなく、十時の開始とともに屋台で焼きそばとフランクフルトを買って中庭の藤棚の下のベンチでもそもそと食べていた。

もうすぐ一年の仮装行列が始まる。どういう経緯で決まったか知らないが、僕たちの高校の仮装行列は校内だけではなく商店街や駅前を練り歩くプランとなっている（もちろん昨年僕たちも歩いた）。散歩中の園児たちに感嘆の声を上げられるのが楽しかったぐらいだ。

今年は後輩の西郷が出る。何の仮装かは知らないが、冷やかしに行かないわけにはいかない。今日の楽しみはそれだ。仮装行列は一時半から始まる。あと一時間あるので、僕はもう一度校内をぶらぶらすることにした。田中と松田はここでのんびりするらしい。

文化祭の間は学校が開放されているので、午後を過ぎると親子連れや近所の小学生や他校の生徒なんかもやってきて賑わいが増してくる。

美術部や写真部の展示を見たあと足は何となく体育館に向かった。旧体育館は舞台演劇や発表会の場所なので（照明設備などがこちらのほうが整っている。新体育館にはそもそも舞台というものがない）人の出入りが激しいが、その隣の新体育館はとくに使用されていない。

がやがやと騒がしい旧体育館を横目に新体育館のガラス戸に手を掛けたとき、中からボールが一度弾み、少し間をおいて数回弾む音が聞こえた。

誰かがシュート練習をしている音だ。

新体育館には手前と奥側で二面のコートがある。手前側は女子部、奥側は男子部が使用している。

手前側で制服姿の生徒が一人フリースローのシュート練習をしていた。その隣にはボール籠があり半分に減っている。減った分はゴール下に転がっていた。贅沢な練習方法だ。あとでボールを集めるのが億劫だけど、連続でシュートを打てて集中力が持続できる。他に練習をしている者がいないときは僕もよくする。

彼女は籠からボールを取りワンハンドのシュートフォームを整える。膝を軽く曲げ重心を下から上へ持ち上げる。その膝からの力を、肘、そして手首へとスムーズに移動させてボールは半円を描くように手から放たれゴールへ吸い込まれていく。やはりいつ見ても中山のシュートの軌道は美しい。怪我はもう治ったのだろうか。

だが、よく見るとボール籠の横には松葉杖が置いてある。僕は気づかれないように入口の暗がりから彼女を見ていた。やがて籠からボールが無くなり、彼女は車輪付きの籠を押してボールを集め出した。この籠にはざっと二十個ボールが入る。彼女の歩く動作や屈む動きを見ていたら、明らかに怪我をした右足を庇っている。

僕は迷った。もし自分が同じ立場だったらどうだろう。いきなり仲良くもない奴（むしろ嫌われている）が現れて恩着せがましく手伝ったりしたら、嫌な気持ちにならないだろうか。余計なことしないでよ。そんな言葉を浴びせられるに決まっている。

でもどうにも黙って見ていられなかった。気づくと僕はふわふわとした足取りでボールが乱雑に転がる場所へ向かった。そして、そこに転がっていたボールを一つ籠に入れる。そのとき中山が僕の存在に気づいた。

僕は彼女が口を開く前に、

「全部入れたら出ていくから」

と言って、辺りに散らばっているボールを素早く籠に入れていった。

その間、中山の視線を痛いほど感じたが無視を決め込んだ。そして全てを入れ終えると、ろくに彼女を見ずにじゃあ行くからとだけ呟いてコートから出ていった。

幸い辛辣な言葉は掛けられなかった。


中庭の藤棚に戻ると田中と松田はベンチで呆けていた。僕は何も言わず二人の横に座ると松田が僕の顔を覗き込んできた。

「何だ何だ、落ち着きがねえなあ。さては何か悪さでもしてきたか？」

「そんなわけないだろ」

「じゃあ、あれだな。お前、俺たちに内緒で〝秘密スポット〟に行ってきたんだろ？」

秘密スポット。

意味深で卑猥な響きがあるがまさにその通り。それは南校舎の地下の用具入れへと続く階段のことで、ここで息を潜め、階段を上がる女子をひたすら待ち続けるという思春期の妄想を持て余したバカな男子が神聖視する場所だ。

ちなみに僕はまだその場所に足を踏み入れたことがないし、当然その恩恵を授かったことはない。度胸がないといえばそれまでだけど、何しろリスクが高い。もし仮に見咎められたら逃げ場がないのだ。地下用具室の鍵の掛かったドアの前に詰め寄られ、あとは変態、スケベ、ムッツリなどのレッテルを張られ校内に言いふらされるだけだ。

「お！　お前もとうとうデビューしたのか！」

田中が急に身を乗り出して目をらんらんとさせてきた。因みに隣にいるこの二人は恩恵を授かったことのある猛者たちだ。そして僕を臆病者と見下している。

「だから、違うっての」

「だよなあ。お前、バスケ以外のこととなると、とんと意気地がねえからなあ」

「ほんとほんと。試合中のお前の十分の一のエッセンスでもいいから普段のお前に注がれたらいいのに」

田中と松田はここぞとばかりに責め立ててくる。あながち間違っていないので僕は黙らざるを得ない。

「あの子のときもなあ」

田中がいらぬ話を持ち出そうとしたから慌てて話題を替える。

「そろそろ西郷の仮装行列だ。行こうぜ」

有無を言わさず僕は歩き出す。後ろから苦笑が聞こえる。

二日間にわたる文化祭が終わり撤収作業に移った。

毎年の恒例で、文化祭で使用した木材や紙類など燃えるものは全てグラウンドに持ち寄って燃やすことになっている。

仮装の残骸、各教室の催し物で出たゴミ、舞台で使った衣装や背景紙など。もちろん全て燃やすわけではない。来年使えそうなモノなら残しておく。それでも集まる量は相当なもので、積み上げたら教室一つ分ぐらいある。

点火は黄昏時。先生の監視のもと行われる。着火するのは各学年の出し物で優勝したクラスの代表三人。残念ながら我がバスケ部員は誰も絡んでいなかった。アウトドアに精通している先生がモニュメントのようにくべた文化祭の残骸の中に、代表三人が松明を注ぎ込む。

昨年も同様の光景を見たが決して消えることなく、だが一気に広がるわけでもなく、徐々に確実に炎が回っていく様を目の当たりにすると不思議な気持ちになった。

炎は古代より様々な儀式に使われるツールの一つだ。その自由な動きが心を振動させるのか、それともその熱が気分を高揚させるのか。いずれにせよその間ずっとそこに目を奪われる。それはきっと古今東西変わらないのだろう。

一時間ほどで炎は小さくなり、最後は実行委員がバケツの水を何度かかけて鎮火させる。奥のほうではまだ炎がくすぶり続けている。

僕はなぜかそこから足を動かせない。残る生徒がまばらになり先生がもう帰れと促してきたので、さすがに僕は離れざるを得なかった。

田中や松田は自分のクラスの打ち上げに出向いていていてここにはいない。僕のクラスもおそらく打ち上げをやるのだろうけれど、参加する気はなかった。

その場を離れると急激に温度が下がった。だが身体の火照りはまだ残っている。そして僕の心は驚くほどクリアになっていた。頭上に広がる夜空のように。

どこか地に足のつかない足取りで自転車置き場へ行き、自転車のロックを外していると、ねえちょっと、と背後から声を掛けられた。


生徒の多くはすでに下校していて周りに人の気配はない。自転車置き場の蛍光灯に羽虫がぶつかってジジッと爆《は》ぜる。僕の心は変わらず澄みきっている。

「……昨日はありがと」

中山は俯《うつむ》いてぼそっと呟く。その言葉には素直に感謝の意が込められていた。僕はいや、と蚊の鳴くような声しか出せなかったけれど、真意が伝わったようだ。

「ちょっと話していい？」

中山がおずおずと訊ねる。僕は頷く。

「私は誰よりも上手くなりたい。そして誰よりも上手いと思っている。この怪我が悔しい。でもこんなのすぐに治してやる」

足元のガチガチにコーティングされたギプスを彼女は憎々しげに睨む。

「チームの中で浮いているのは知っている。でもそんなの関係ない。私は、私が勝つこととチームが勝つこと以外どうでもいい。そのためには和を乱してもいいと思っている。でも幸運なことに女子チームはいい子ばかりで私についてきてくれている。それは本当に恵まれたと思う。だけど男子を見ていて羨ましくないと言えば嘘になる。とくに今年引退した先輩たち。あの人たちには憧れた。それぞれが自分の限界で戦っていた。私の理想だった。今年の男子チームも悪くない。でも私の理想を裏切った人がいる」

中山は僕を見つめる。だけどそこに敵意は感じられなかった。

「入部当初から私はあなたに一目置いていた。同学年に、私と同じぐらい〝我〟を通す人がいるなんて思いもしなかった。私はあなたに救われていた。私は間違っていないと勇気を貰えた。でも新チームになってあなたは変わってしまった。周囲に目を配り、仲間の気持ちを配慮し、チームをまとめようとした。そしてそれと引き換えに、あなたの尖った牙はどこかにいってしまった。そのとき私は怪我をした。初めは何ともなかった。

でも三日が過ぎ一週間が過ぎていくと焦りが生まれ身体が落ち着かなくなった。そしてあなたのプレイが目につきだした。思う存分身体を動かせるくせに、我を貫き通せる術を持っているくせに。私の苛々は治まらなかった。あなたにとっては理不尽で、私の自己中心的な怒りであること、いまは分かる。あなたにとってしまった失礼な態度のいくつかを謝りたい。ごめんなさい」

中山は深々と頭を下げた。僕はいや、と否定しかけたけれど間髪を入れず彼女は頭を上げて僕を真直ぐ見た。

「だけど、あなたは本当にそれでいいの？」

以前言われた中山と岡野先輩の言葉。

あなた手を抜いているでしょ。

あの〝圧〟はどこにいっちまったんだ。

炎で火照っていた身体と心が急激に冷めていく。命綱を絶たれた宇宙飛行士のように僕は暗黒の世界に放り出される。

あなたは本当にそれでいいの？

九

十二月二九日。

年の瀬も迫った最後の練習日。

コート中央のセンターサークルで円陣を組み、ありがとうございましたとコーチに、チームメイトに、コートに頭を下げて一年間の感謝の意を示す。

さすがにこの日ばかりは皆いそいそと帰路につく。家の手伝いがある者、約束がある者、のんびりしたい者など様々だ。

というのも我がバスケ部の唯一の長期休暇が明日三十日～年明け三日の五日間だけだからだ。お盆はもちろん平日、土日祝は練習もしくは試合だ。羽を伸ばしたいと思うのは当然だし、リフレッシュの意義も分かる。あの西郷でさえも今日はすぐ帰った（あいつの家業は酒屋だ）。

いっぽう僕はコートで胡坐《あぐら》をかき、ボールに片肘を付いてゴールネットをぼんやりと見上げていた。コートには僕一人しかいない。一人で居残り練習することはままあるので皆は良いお年を、など一声かけて去っていく。僕もおざなりに返事をする。

ふと人の気配を感じて振り向くと、そこにはコーチがいた。

「どうした」

アディダスのジャージにベンチコートを着込んだコーチが訊ねてくる。

甘いマスクに高身長（西郷より二センチ高い一八七㎝）。体育教師で現役の国体選手。二十代後半で未婚。女子生徒からモテないわけがない。昨年のバレンタインデーに体育教官室に詰め寄る女子生徒に驚いたものだ。あんなの漫画の世界だけだと思っていた。

コーチは僕からボールを奪うと、その場から軽やかにシュートを放った。僕が座っていた場所はスリーポイントライン（通常一ゴール二得点だが、そのラインの外側からゴールを入れると三得点）でゴールまで六・七五メートルの距離だ。美しく半円を描いたボールはゴールリングに触れることなくネットを揺らした。

「さすが俺だ」

そう言い残してコーチは飛び跳ねるボールを拾いに行くと、手に取った瞬間ジャンプして最高到達点で手首のスナップを効かせてボールを放つ。ゴールから斜め四十五度、距離は二メートル、放たれたボールは今度はゴールのバンクに一度ぶつかってネットを揺らす。教科書通りのシュートだ。

再びボールを手に取るとコーチはそれを僕に投げてよこした。慌てて僕は立ち上がる。ボールは柔らかな線を描きバウンドを二回突いてから僕の胸もとにすっぽり収まった。

「相手してやるよ」

コーチはベンチコートを脱いだ。


まるで歯が立たなかった。冗談でも何でもなく鉄の壁が始終目の前にあった。一度もそれを崩せなかったし隙間を掻い潜れなかった。そもそも隙間なんかなかった。完敗だった。

「プレイを見ればそいつのことが分かるし、相手をすればもっと分かる」

絶望に打ちひしがれている僕を横目にコーチは呟く。

「お前に副キャプテンを任せたのは間違いだったかなあ」

「……どういうことですか」

「お前は良くも悪くも前の代にそっくりなんだよな。もう一年早く生まれてくれたら面白かったのかもしれない」

はあ、と僕は頷く。話の趣旨が掴めない。

「いや、違うか。あいつらはあの五人だったから良かった。この一年間は冷や冷やもんだったよ。いつバランスを崩してこの綱渡りから奈落の底へ落ちていくか。お前はそこに馴染んだ。ときに潤滑油の役目を果たしてくれた。奇跡的に上手く機能した。で、現役のお前ら五人。前の代を反面教師にしたからかもしれんが堅実なんだよなお前ら。決して悪いとは言わんが、限られている時間の中、結果を出すのは難しいんだよコツコツタイプは。そこでお前だ」

限られている時間、というワードに中山の顔が浮かぶ。

「カンフル剤として機能させようと思った。が、あのままでは浮いてしまうのは目に見えていた。そこで役職を与えた。役割を得ると人は誰しも無意識的にそれに応えようとする。とくに副キャプは周囲に気を配らなければならないからな。それでバランスを取れないかと思った。結果お前は必要以上に職務を全うしてくれている。必要以上にな」

含みのある言い方だった。

「たぶん人がコントロールできる力は限られている。〝十〟ある内の半分を周囲のために使ったら自分のために使える力はあと半分だ。極論に聞こえるかもしれんが、おそらくこれは事実だ。前の代のあいつらは皆が皆、自分のためにしか力を使っていなかった。だがあいつらは幸運なことに、パズルのピースのように完全にバランス良く収まった。今後あんな五人にはもう出会えないだろうな。それぐらい稀なケースだ。だけどお前らは違う。互いを理解し尊重し補って強くなっていくチームだ。だがさっきも言ったが、それではあと一年じゃ足りないんだ」

コーチはドリブルをしながらコートの真ん中のハーフラインまで歩いていった。そして徐にドリブルをしながらゴールに向かって駆けていき、二度ステップを踏んで目を見張るような跳躍をした。片手に持たれたボールはゴールリングより上に浮かびあがり、そのままゴールに打ち込まれた。衝撃音が体育館に響き渡り、ついで着地音がコートを揺らした。コーチがダンクシュートをできるのは知っていた。でも目の前で見るのは初めてだった。

飛び跳ねるボールを掴み、今度は矢のように鋭いパスを僕に投げつけてきた。

「もっと自分を出せよ」

僕の気分は高揚していた。身体中の筋肉が湧き立っていた。

僕はフリースローラインに立っていて、その前にコーチが立ちはだかる。僕の気分が乗っているのを察してか、先程より腰の位置が低い。

ゴールまで約五メートル。ここからシュートを放てなくないがコーチはすぐさま反応してブロックするだろう。それぐらい僕から近い距離にいる。逆に言えば抜き去ることが可能な距離だ。僕も腰を落としてじっと構える。

勝負は駆け引きの応酬だ。それは実力のレベルが上がれば上がるほど微細な動きに注意が必要となってくる。コーチは右足を前に出し半身の状態で構えている。対面する僕から右にスペースが開いていて右利きの僕はそこにドリブルをつきやすい。だがそれをしてしまったら相手の思うつぼだ。あえてスペースを開けてそこに誘い込もうとしているのだ。かと言って逆サイドを攻めたとしても想定内の動きとして処理される。

そこで僕はフェイントを入れる。まず右でドリブルをつく振りをして左に身体を振るが、ここで左にドリブルをしても間違いなくコーチは振りきれない。それは右にフェイントした瞬間分かった。だから左に二回目のフェイントを入れて右側に鋭くドリブルを入れた。コーチの対応が少し遅れた。だがすぐに身体を寄せられコースを遮られる。いまのダブルフェイントで抜き去れなかった相手は初めてだ。

さすが現役の国体選手。

僕はプランを変更し、ゴールとディフェンスに対し背中を向ける。そして右足を軸に反転しシュートモーションに入る。このスピードにコーチがついてこられなければ、このままフェイドアウェイシュート（後ろにジャンプしながらシュート）を決める。だが予想通りコーチは僕の動きを予測している。それは背中から伝わる気配で分かる。大きな岩がそこにあるようだ。おそらくコーチは僕がそのシュートを狙っているのを読んでいる。でもあえて右足を軸に背後にステップアップして重心を後ろに乗せた。そのときコーチの身体が少し前のめりになったことを見逃さなかった。

僕は重心をもう一度右足に乗せ、コンパスで半円を描くように左回りに左足をステップさせた。そのときボールは左手に、右腕は肘を張ってコーチの身体を抑えつける形で。そして、そのまま左足でツーステップを踏んで身体を反転させながらジャンプし、慣性の法則を利用して左手で下からそっとボールを放した。レイアップシュートの応用編だ。その動きに背中にいたはずのコーチが反応してボールをブロックしにいったが僅かに僕のほうが速かった。

ボールはコーチの手より先に宙を舞い、バンクに一度当たって、ゴールに吸い込まれていった。僕はゴールしたことを確かめて着地し、そのままバランスを崩して倒れ込んだ。頭の横でボールが弾んだ。

「それだよ」

コーチが僕に手を差し伸べる。その手を取って立ち上がる。

「やっぱりお前はそれでいい。自分のプレイだけに集中しろ。結果、それがチームを救うことになる」

はい、と僕は返事をした。

「だが副キャプテンの役職を下ろすわけではないからな。お前と田中はよくまとめてくれている。信頼関係はすでに築けている。だからある程度好きに動いても大丈夫だ」

僕は深く頷く。

「それにしてもお前一段と力が増したな」

「ウェイトトレーニングをちょっと」

「なるほど。いい判断だ」

「ありがとうございます」

「じゃあ、とっとと帰ってくれ。俺にも予定があるんだよ」

コーチはにっと笑うと手をひらひらさせてコートを去っていった。

僕は中山が、岡野先輩がいる世界に再び戻ってこられた気がした。

（了）

著者プロフィール

宮園　丈生（みやその　たけお）

関西大学社会学部産業心理学専攻卒業。その後、インストラクター、編集プロダクションを経て、フォトグラファーとなる。現在ウェディングフォトグラファーとして年間200組以上撮影している。

無くした翼

2025年２月15日　初版第１刷発行

著　者　宮園　丈生
発行者　瓜谷　綱延
発行所　株式会社文芸社
〒160-0022　東京都新宿区新宿１－10－１
電話　03-5369-3060（代表）
03-5369-2299（販売）

印刷所　株式会社フクイン

ISBN978-4-286-26284-0